© 2004, Ediciones Santillana S.A.
Beazley 3860 (1437) Buenos Aires

© De esta edición:
2004, Santillana USA Publishing Company, Inc.
2105 NW 86th Avenue
Miami, FL 33122, USA
www.santillanausa.com

Altea es un sello editorial del **Grupo Santillana**. Éstas son sus sedes:

ARGENTINA, BOLIVIA, CHILE, COLOMBIA, COSTA RICA,
ECUADOR, EL SALVADOR, ESPAÑA, ESTADOS UNIDOS,
GUATEMALA, MÉXICO, PANAMÁ, PARAGUAY, PERÚ, PUERTO RICO,
REPÚBLICA DOMINICANA, URUGUAY Y VENEZUELA.

ISBN: 1-59437-564-X

Impreso en Colombia por D'vinni

# EL BAÚL DE
# LOS TRANSPORTES

## Un libro sobre los números

COLECCIÓN
EL BAÚL

EL CAMIÓN QUE VA HASTA EL PUERTO,
COMO TODAS LAS MAÑANAS,
LLEVA UNA VACA DORMIDA
SOBRE UNA CAMA DE ALFALFA.

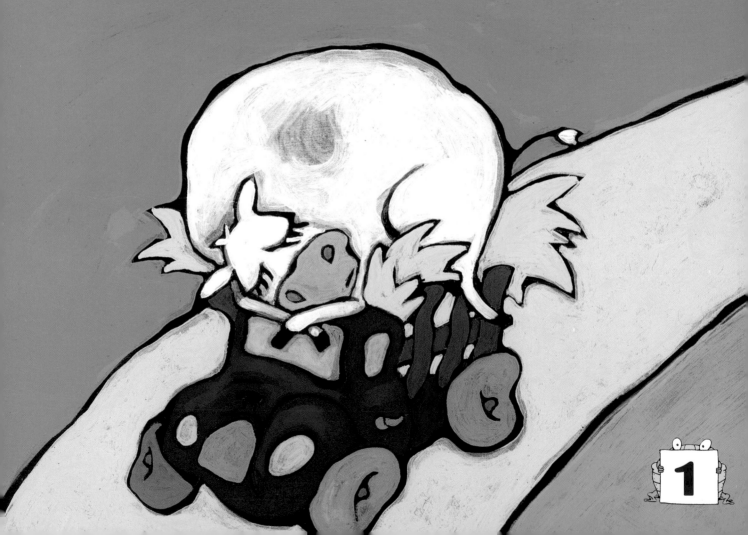

AL CAMIÓN SIGUEN DE CERCA
DOS POLLOS EN BICICLETA.
COMO SE PINCHAN LAS RUEDAS,
EL CAMIÓN ABRE LA PUERTA.

SOBRE EL CAMIÓN QUE VA AL PUERTO
ATERRIZAN TRES AVIONES,
QUE VUELAN, DIBUJAN, PINTAN
EL CIELO DE OTROS COLORES.

EL CAMIÓN DE PRONTO FRENA
ANTE EL PASO DE UN GRAN TREN.
CUATRO VAGONES QUEDARON,
EL TREN RESOPLÓ Y SE FUE.

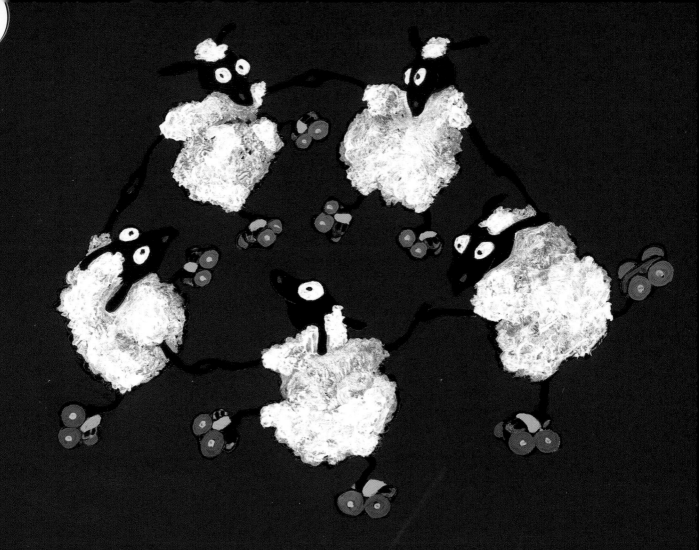

CUANDO LLEGA A LA ROTONDA,
EL CAMIÓN DA MUCHAS VUELTAS.
CINCO OVEJAS EN PATINES
HACEN RONDA Y LO MAREAN.

EL CAMIÓN PARA Y DESCANSA
A ORILLAS DE UN RIACHUELO.
SEIS SAPOS EN SUS SEIS BOTES
HACEN REMO Y HACEN DEDO.

6

COMO EL CAMIÓN ESTÁ QUIETO,
SIETE AUTOS IMPACIENTES
QUIEREN MORDER EL CAMINO
Y MUESTRAN TODOS LOS DIENTES.

SOBRE EL CAMIÓN, UNA SOMBRA
CADA VEZ ES MÁS CERCANA:
EN GLOBOS, OCHO GAVIOTAS
VAN CON ALAS ENREDADAS.

8

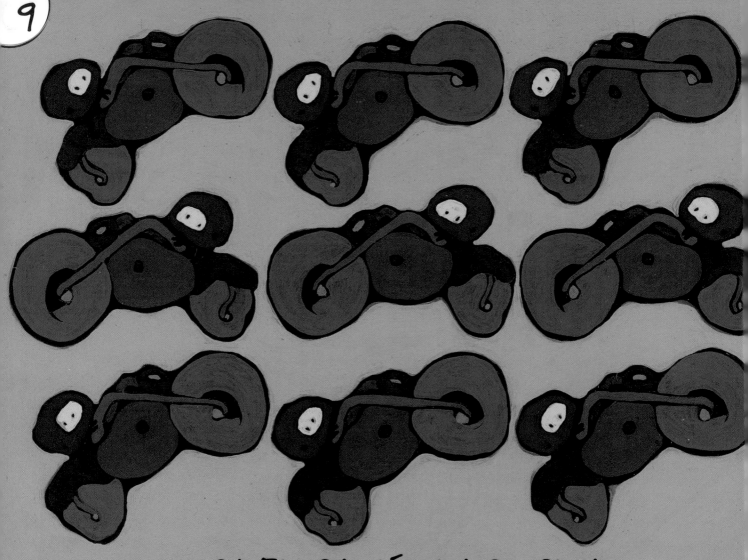

TOCA EL CAMIÓN LA BOCINA,
¡QUE TERMINE LA ACROBACIA!
NUEVE PULGAS EN SUS MOTOS
NO LE HACEN NINGUNA GRACIA.

EL CAMIÓN YA LLEGÓ AL PUERTO,
QUE ESTÁ A LA ORILLA DEL MAR,
VIO **DIEZ** BARCOS MARINEROS
Y SE MARCHÓ A NAVEGAR.

**10**

¡Disfruta todos los libros de la colección EL BAÚL!
mientras aprendes importantes conceptos

EL BAÚL DE
MIS AMIGOS
Un libro sobre el tiempo y las estaciones

COLECCIÓN
EL BAÚL

EL BAÚL DE
MIS FIESTAS
Un libro sobre los colores

COLECCIÓN
EL BAÚL

Santillana

EL BAÚL DE
LOS OFICIOS
Un libro sobre las vocales

COLECCIÓN
EL BAÚL

Santillana

# EL BAÚL DE
## MIS JUGUETES

Un libro sobre figuras y cuerpos

# EL BAÚL DE
## LOS ANIMALES

sobre los opuestos

# EL BAÚL DE
## MI MUNDO

Un libro sobre los tamaños

# EL BAÚL DE
## LOS TRANSPORTES

Un libro sobre los números

COLECCIÓN
EL BAÚL

Altea
Santillana

# EL BAÚL DE
## MIS PASEOS

Un libro sobre nociones espaciales

COLECCIÓN
EL BAÚL

Altea
Santillana

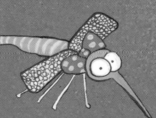

Altea

**Santillana**

COLECCIÓN
EL BAÚL

© 2004, Santillana USA Publishing Company, Inc.
2105 NW 86th Avenue
Miami, FL 33122, USA
www.santillanausa.com
Impreso en D'vinni
Santafé de Bogotá, Colombia